Après l'ombre une lueur

Philippe Jackart

Après l'ombre une lueur

Recueil

LE LYS BLEU
ÉDITIONS

ISBN : 979-10-377-8810-8

Le monde d'aujourd'hui n'est pas pire que celui d'hier, il tourne tout simplement plus vite, trop vite.

Les gens n'ont plus le temps de rien, ils courent toute la journée, après le bus le métro un taxi ou un avion. Certains et même beaucoup courent après le bonheur. Ils courront ainsi toute leur vie sans même le voir là où il se trouve, souvent tout près d'eux, ne sachant regarder. Pourtant il est partout, autour de nous dans la beauté des fleurs, dans le sourire d'un enfant, dans le calme d'une forêt, le clapotis d'un ruisseau. L'homme a perdu la valeur des choses simples.

Le monde d'aujourd'hui n'est pas pire que celui d'hier, et pourtant il est plus dangereux encore. Si la science a permis à l'homme d'acquérir des technologies de pointe, et ce dans tous les domaines, cette science hélas mal utilisée donne aussi aux hommes les moyens de détruire le monde dans lequel nous vivons.

Malheureusement si la science a contribué à améliorer notre existence, la nature humaine elle n'a pas progressé. À l'observer de près, on pourrait même dire qu'elle a régressé. Le stress quotidien doit sans aucun doute y contribuer. Aujourd'hui, on peut constater un peu partout des actes d'incivilité de violence, et même dans ce qui était jusque-là le berceau de nos propres valeurs, l'école.

À tout cela viennent s'ajouter d'autres problèmes sociétaux comme les violences faites aux femmes, le harcèlement au travail, qu'il soit d'ordre moral ou à caractère sexuel, le racisme, et bien d'autres horreurs, c'est inacceptable. Et puis nous avons vécu ces derniers mois une crise sanitaire sans précédent. Cette crise aurait dû pousser chacun de nous et plus particulièrement nos dirigeants à réfléchir sur une autre façon de faire. Hélas, il n'en est rien. Bien au contraire puisqu'à l'heure où j'écris alors que le virus frappe encore, notre société vient de plonger dans une guerre qui n'est pas la nôtre, mais par la cupidité de certains et l'avidité de combien d'autres, nous sommes comme sur un plan incliné que l'on aurait préalablement savonné, et qui va nous faire sûrement tomber dans le chaos. En fait à bien y réfléchir le monde d'aujourd'hui est pire que celui d'hier, tout du moins le monde que j'ai connu. C'est pourquoi je ne pouvais rester insensible à tout cela, et j'ai voulu écrire sur cette noirceur du monde, avec le plus d'objectivité possible sans jamais juger, juste constater, dénoncer avec parfois des mots durs, mais nécessaires.

J'ai voulu évoquer également à travers d'autres textes quelques souffrances personnelles, mais aussi comme une lueur d'espoir d'autres poèmes, parce que néanmoins il y a beaucoup de belles choses et mille raisons de vivre heureux sur notre terre. Toutes ces choses qu'il faut savoir apprécier, observer, admirer, vivre.

Sans oublier une pointe d'humour, sans quoi la vie serait bien triste.

Et puis il y a l'amour qui parfois nous fait souffrir, mais qui fait battre nos cœurs si fort. Il y a l'amour qui reste la plus belle chose au monde qui est la plus grande source d'inspiration qui nous sublime, nous transporte, enchante notre vie. L'amour qui finira un jour par triompher du mal, tout du moins je l'espère, comme beaucoup parmi nous.

Ce qui laisse un espoir considérable pour le monde de demain, et qui me fait écrire :

Après l'ombre une lueur.

Lire c’est emprunter

Écrire c’est donner

Écrire c’est aimer.

Combien m'a-t-il fallu de jours
D'errances et de souffrances
À louer la beauté, l'amour
Combien de sueurs et de transes

Combien m'a-t-il fallu de nuits
À divaguer ou à rêver
Pour ce recueil de poésie
Je n'ai eu le temps de compter

Mais ce que je sais seulement
C'est que ma main a hésité
Puis elle a bien souvent tremblé
En écrivant tous mes tourments

Mais aussi tant de belles choses
Qui nous font voir la vie en rose
Combien m'a-t-il fallu de deuils
Afin d'écrire ce recueil

Malheureusement je ne puis
Sincèrement vous le dire
Car un poète quand il écrit
Ne compte jamais ses soupirs.

Le noir

Le ciel est un vaste miroir
Où se reflètent mes pensées
À voir les nuages changer
Cumulus couleur d'ivoire

Flottant au ciel dans le vent
Formant des êtres irréels
Étrangeté peuple du ciel
Se transformant à chaque instant

Comme les hommes ici-bas
Capables du meilleur au pire
Se laissant emporter par l'ire
Puis soudain vous ouvrent les bras

Tous ces mystères de l'esprit
Tendent à poser des questions
Et là je rejoins Aragon
Qui par un beau jour a écrit

Les hommes sont changeants
Comme les nuages au ciel dans le vent.

Ce n'est pas moi qui ai choisi
D'écrire de la poésie
Mais la poésie m'a choisi
Aux pires moments de ma vie

Je n'avais pas prévu ces joies
De tomber amoureux de toi
Mais mon cœur s'est mis en émoi
Quand tu t'es approchée de moi

J'avais choisi un beau métier
Que je n'ai jamais exercé
Me suis retrouvé ouvrier
Ce fut une nécessité

Souvent on n'a pas libre choix
C'est la vie qui guide nos pas
Parfois sur des chemins de croix
Ou vers des soirées de gala

Et si la vie était en fait
La plus grande des illusions
Qui se joue de tous ses sujets
Nous prenant pour de simples pions

Du plus malin au plus ignare
Tous, dépendons des aléas
Ou parfois des heureux hasards
Jusqu'au jour de notre trépas.

C’est souvent la nuit
Que me viennent ces cris
D’ailleurs ou d’outre-tombe
Ils arrivent en trombe
Léthargie féconde
Idées surréalistes
Qui font frémir l’artiste
Mais plus encore
Lorsqu’elles ne viennent pas.

Je ne veux pas être de ceux
À qui l'on a donné pouvoir
Ce qui les rend parfois véreux
Mettant des gens au désespoir

Qu'ils soient députés, sénateurs
Ou bien ministres, présidents
Ils inspirent parfois la peur
Détournements, harcèlements

Le pouvoir, l'argent les fourvoient
C'est là que leur esprit s'envole
Se croyant au-dessus des lois
Ayant même recours au viol

Le seul pouvoir que je désire
C'est de rendre les gens heureux
Que vous retrouviez le sourire
Victimes ou pas de leurs sales jeux.

J'avais soudain posé ma plume
Pour un court instant tout du moins
En regardant briller la lune
Je n'voulais plus penser à rien

Puis soudain un éclair me vint
Une idée comme un espoir
Et si le monde de demain
Était enfin beaucoup moins noir

Si tous les hommes se respectaient
Alors plus de guerres sur la terre
Soudain le bonheur régnerait
Il n'y aurait donc plus d'enfer

En ne pensant qu'à la fortune
Les êtres humains ont perdu pied
Encore toujours plus de volumes
Encore toujours plus de guerriers

Ayant oublié l'essentiel
Le bonheur le parfum des fleurs
Créant un monde pestilentiel
Parsemé de heurts, de malheurs

Voulant alors me révolter
Je ressaisis enfin ma plume
Et puis soudain désabusé
Préférai rêver à la lune.

La tempête s'était levée
Dans le fond de mon encrier
Des vagues noires vitriolées
Cinglaient jusque sur mon cahier

Mon porte-plume transformé
En une lance de guerrier
Décochait des coups acérés
En mots furieux sur le papier

Contre qui donc cette colère
Pas contre vous évidemment
Sûrement pas contre mes frères
Mais contre ces gouvernements

N'ayant pas su, ou pas voulu
Nous préserver de ces fléaux
Laissant tant de gens à la rue
Mettant le pays en lambeaux

Que ne serve ma poésie
Seulement à chanter l'amour
Et non pas pour l'hypocrisie
De tous ces dirigeants vautours.

Si la raison d’État a ses raisons

Que la raison ignore

L’État a-t-il raison

De se mettre dans tous ses états

Et de perdre la raison ?

Ils sont à nouveau de retour
Tous ces tristes bonimenteurs
Parés de leurs plus beaux atours
Avec leurs propos persifleurs

Pour bien haranguer les foules
Leurs bouches en cul de poule
Vous promettent le paradis
Mais ensuite c'est bien fini

Tous plus beaux et plus honnêtes
Que les concurrents adverses
Ils se voient déjà en maître
Sauf s'ils prennent une averse

Qui va les mouiller jusqu'au cou
Les plonger dans de sales coups
Donnant du pain à la justice
Mais bons acteurs et actrices

Ne seront guère inquiétés
Voilà les tristes conditions
De tous ces propos parfumés
Voilà le temps des élections

En essayant d'accommoder
Tant de fanges en poésie
J'en ai attrapé la nausée
En évoquant ces félonies.

À voir tourner le monde
C'est à croire que le pouvoir
Fait fuir la sagesse
C'est à croire que l'argent
Fait fuir l'honnêteté
De l'esprit, les valeurs
En sont parties
Pourtant je veux croire
En un monde meilleur
Quand celui-ci se sera détruit.

Misère

C’est là dans ces tristes banlieues
Que sévissent ces nouveaux dieux
Ou devrais-je dire les diables
Qui deviennent innombrables

C’est là dans ces tristes quartiers
Où s’amassent des sans-papiers
C’est là qu’ils font régner la peur
Tous ces horribles dealers

Se transformant en assassins
Pour de misérables larcins
Ils usent de l’épouvante
Dans les caves, des tournantes

La justice n’a plus accès
À ces quartiers dits de non-droits
Faudra-t-il le bruit des bottes
Pour remettre enfin l’ordre ?

Tôt le matin elle attendait
L'assassin avait rendez-vous
Avec sa lame qui brillait
Et allait lui trancher le cou

Châtiment demeurant barbare
Mais avec un autre regard
On ne peut pas rester laxistes
Avec tous ces récidivistes

Demeurer abolitionniste
De cette peine qui rien ne freine
Mais devant toutes ces victimes
On se doit de punir ces crimes

Si ce n'est de façon létale
Ce qui est loin d'être idéal
La loi doit être plus sévère
Pour les assassins sans frontières

Les mettre définitivement
En état de ne plus nuire
Et de protéger ses enfants
Pour que plus jamais à l'avenir…

Notre père qui êtes aux cieux
Pourquoi laisses-tu les assassins
Commettre leurs tristes desseins
Tous ces actes délictueux

Notre père qui êtes aux cieux
Pourquoi protèges-tu les mafieux
Tous ces politiciens véreux
Qui loin d'avoir fait de leur mieux
S'enrichissent sur le dos des gueux

Combien faudra-t-il de prières
Pour qu'enfin d'une autre manière
Puisse régner l'honnêteté
Peut-être attendre une autre vie
Pour qu'à travers l'humanité
On retrouve l'intégrité
Mais surtout la fraternité

Notre père qui êtes aux cieux
N'êtes-vous pas simplement trop vieux ?

Il était un jardin
Il était un pays
Qui ne manquait de rien
Où l'on aimait la vie

On fabriquait de tout
Avec des rythmes fous
Dans toutes les usines
Ronronnaient les turbines

Et puis leur vint l'idée
De délocaliser
Tisserands, métallos
Se retrouvent sans boulots

Pêcheurs, agriculteurs
N'ont plus aucune valeur
Ce monde à l'abandon
N'augure rien de bon

Peut-être un jour enfin…
Quand on n'aura plus rien
Que tout viendra de chine
Et même les virus

Ce qui nous abomine
Mais n'en disons pas plus.

Un clin d'œil à Paul Fort

Le bonheur est dans le pré
Cours-y vite, cours-y vite

Non je ne veux point-y aller
Pas maintenant pas tout de suite
Aux senteurs des aromates
Se mêle le glyphosate

Le bonheur est dans le pré
Cours-y vite cours-y vite

Non je ne peux plus-y aller
Car en fleurs sont les prunus
Et moi je suis confiné
À cause du méchant virus

Le bonheur fut dans le pré
Par malheur il a filé.

L’horizon s’est voilé
De gros nuages noirs
Le ciel prêt à pleurer
Larmes de désespoir

Un souffle de terreur
Venant des cumulus
Semant partout la peur
Sous l’aspect d’un virus

Sourires effacés
Aux visages masqués
Les hommes démunis
Devant la pandémie

Contre la maladie
La guerre déclarée
Véritables ruées
Devant les pharmacies

Nos soignants ces héros
Ne relevaient le dos
Portant, soignant les corps
Et pourtant trop de morts

Tant de tristes journées
Devrait, nous inspirer
Autant d'humilité
Que de fraternité

Saura-t-on à présent
En tirer les leçons ?

En ce printemps d'épidémie
Je voudrais rendre hommage
À vous qui sauvez des vies
Femmes et hommes sages
Que trop souvent on oublie
Ce dévouement, votre courage
Ce temps donné, à nous soigner
En blouses blanches comme vos nuits
En ce printemps d'épidémie
Moi je vous dis MERCI.

C’est au cours d’un profond sommeil
Que j’ai fait ce rêve troublant
Un nouveau monde de merveilles
Venait de naître sous le vent

Le soleil à nouveau brillait
Le cœur des hommes était en paix
Au ciel bleu les oiseaux chantaient
Enfin le monde respirait

Balayés gel et les masques
Fini de ces confinements
La peur est partie en bourrasques
Laissant parler nos sentiments

Libres baisers et accolades
Nos amis enfin retrouvés
Alors au soir des sérénades
Sur des esplanades bondées

Que puisse servir de leçon
Ces tristes temps, de pandémie
Pour une société de raison
Et un monde rempli d’amis.

Ils reviennent en coup de vent
Semant la peur et la terreur
Une tempête de laideur
A balayé l'Afghanistan
Ils sont hélas revenus
Ils sont bien là
Les sacripants.

Il est de retour ce fléau
Qui fait des hommes des héros
Mais d'eux aussi des assassins
Et des veuves, des orphelins

J'espérais ne plus jamais voir
Des soldats faire leur devoir
Mais il y a cette haine
Celle qui ronge l'Ukraine

Alors qui fait des hécatombes
Et partout à travers le monde
Enrichissant les marchands d'armes
Tous ces hommes perdent leurs âmes

Ne pensant qu'à gagner la guerre
Incapables de gagner la paix
Certains dirigeants sans frontières
Devraient être mis aux arrêts

Notre terre qui est si belle
Devrait être paradisiaque
Si les hommes n'étaient rebelles
Et certains autres démoniaques.

Autant en emporte le vent
L’otan en importe la guerre
Tristesse, pauvre misère
L’histoire se répétant

Comme à son habitude
C’est le peuple qui souffre
Le marchand d’armes qui pouffe
Et moi rempli de lassitude

Je n’ai que cette certitude
Les hommes sont trop cupides
L’esprit rempli de turpitudes
Avec leurs idées avides

Le monde serait beau
S’il n’y avait tous ces…

Le monde tel qu'il est
Me fait peur désormais
Des siècles et des guerres
Pas plus éloignés qu'hier

Reviennent encore aujourd'hui
Avec plus de haine encore
Pour faucher toujours plus de vies
Détruire, quel triste décor

Et que fait l'otan ce machin
Invention des Américains
Si ce n'est souffler sur les braises
Enterrer des corps dans la glaise

Si la science a évolué
L'esprit humain a régressé
Plongeant le monde dans le noir
Créant partout du désespoir

Pourtant je veux croire qu'un jour
Triomphera enfin l'amour
Et l'espoir d'un monde meilleur
Après l'ombre, une lueur.

De toutes les couleurs de peaux
Aucune n'échappe à ce fléau
Et partout à travers le monde
On rencontre ce mal immonde

Pourquoi les hommes si ressemblants
Peuvent-ils-être si différents
Imaginer un arc en ciel
S'il n'avait qu'une seule couleur

Iriserait-il le ciel
Enchanterait-il nos cœurs
Les hommes devant l'éternel
Sont tous égaux, frères et sœurs

Pour que notre monde soit beau
Il faut toutes les couleurs de peau
Ne soyons pas négationnistes
Bannissons ainsi le racisme

La seule couleur indélébile
Reste invisible aux imbéciles
Celle qui enchante nos jours
C'est la couleur de l'amour.

La nature est comme une femme
Tellement belle, et parfois cruelle
Si fragile et forte à la fois
Que l'on doit respecter ses lois

S'en prendre à une femme
C'est s'en prendre à la nature
S'en prendre à la nature
C'est s'en prendre à soi même

Car si l'homme immature
Ne commet que des ratures
La nature ne fera pas de bavures.

Dans le calme d'une forêt
Écoutant le bruit du silence
Le cœur léger l'esprit en paix
Je perçus des sons bien étranges

Osant à peine respirer
L'oreille tendue, l'œil aux aguets
J'entendis les arbres parler
Tout doucement ils chuchotaient

Parlant des hommes et leurs méfaits
Des saccages et pollutions
Nombreuses déforestations
Toutes ces guerres et leurs effets

Sale travail dire les bouleaux
Tous les charmes étaient en larmes
Quant aux chênes ils avaient la haine
Voulant que les hommes se désarment

Les animaux aussi parlaient
Des êtres soi-disant humains
Et qui pourtant les massacraient
Ayant très peur des lendemains

Devant ces immenses détresses
Mon esprit soudain s'assombrit
Cette nature qui fut maîtresse
Et que les hommes ont tant salie

N'ayant même pas la sagesse
De savoir qu'ils en font partie
Quand la nature trépassera
C'est l'homme qui disparaîtra.

Triste Noël

J'avais grandi parmi les miens
Au milieu du massif vosgien
J'étais devenu haut et fort
Je n'savais pas que j'avais tort

Entre tous j'étais le plus haut
Puis sont arrivés les flocons
Et avec eux les bûcherons
Des tronçonneuses dans le dos

Ils se sont approchés de moi
Puis avec détermination
Se sont attaqués à mon bois
Sans plus de considérations

Lourdement je chus sur le sol
Puis le camion m'a transporté
Sur la grand-place du marché
Et planté tel un parasol

Puis les hommes m'ont décoré
De guirlandes et de boules
Tout ça pour amuser les foules
Voilà quelle est la destinée

D'un sapin qui est sacrifié
Décoré et enguirlandé
Sur l'autel d'un joyeux Noël

Mais si je dois finir en planche
Que ce soit pour accompagner
En terre ceux qui m'ont coupé.

Le devin nous l'avait prédit
Le sage l'avait annoncé
Le poète l'avait écrit
Le scientifique démontré

La nature nous a parlé
Mais l'homme n'a pas écouté
Après autant de déraisons
Et des années de pollutions

De la terre disparaîtra
L'espèce qui la pollua
Tout comme les dinosaures
L'homme se croyant le plus fort

À la nature se soumettra.

Elles ne sont que beauté
Elles ne sont que douceur
Mais toujours maltraitées
Et pleine de douleurs

Souvent bonnes actrices
Cachant leurs cicatrices
Derrière leur sourire
Se cachent bien des soupirs

Quelquefois le courage
Leur donne enfin la rage
De briser ces tristes chaînes
Et fuir toute cette haine

C'est vrai qu'elles sont fortes
Même si on les dit faibles
Jusqu'à ce qu'elles soient mortes
Ou qu'elles se soient enfin enfuies.

Une longue silhouette grise
Dans un costume de brume
Une longue dame brune
Cherchant refuge, une église

Une femme au corps meurtri
Une douce au corps blessé
De sa maison s'est enfuie
Ne plus jamais y retourner

Coups au corps et bleus à l'âme
Son doux visage noyé de larmes
Elle a pourtant gardé son charme
C'est une simple faible femme

Ne désirant que la douceur
Mais trop souvent fut déçue
Ne connaissant que la douleur
Plus jamais une femme battue

Une âme triste s'est enfuie
Hors de ce corps meurtri
Loin des coups de son mari
Elle est enfin au paradis.

Le cartable à ses pieds
En fond de classe il rêvait
Au tableau le maître parlait
Mais jamais ne l'intéressait

Car son esprit était ailleurs
Il rêvait d'un monde meilleur
Un monde sans compétitions
Ou il apprendrait ses leçons

Sans jamais avoir de pressions
Où il pourrait s'épanouir
Sans risquer de s'évanouir
Apprendre d'une autre façon

Il se disait qu'un jour enfin
Il apprendrait un bon métier
Alors il se passionnerait
Sa vie aurait d'autres parfums

On ne devrait jamais forcer
Un enfant à se surpasser
Mais laisser faire à la nature
Le temps qu'il devienne mature.

C’était un petit louveteau
Avec le cœur à fleur de peau
Oh oui il avait le cœur gros
Aussi le moral à zéro

Quand le feu de camp s’éteignait
Dans sa tente il se couchait
Alors son chef le retrouvait
Et puis de lui il abusait

C’était une jolie poupée
Qui se voyait souvent pleurer
Principalement en soirée
Quand son tuteur était rentré

Personne ne la protégeait
Quand dans sa chambre il pénétrait
Puis dans son lit il se glissait
À petit feu la détruisait

Jamais un enfant ne devrait
Subir de telles agressions
L’innocence foulée aux pieds
Doit faire l’objet d’arrestations

Au-delà des bleus sur le corps
Tous ces horribles pédophiles
Au comportement de débiles
Détruisent l'âme avant le corps.

Mes nuits de douleurs

Rien qu'un instant d'éternité
J'aimerais tant te rencontrer
Pouvoir enfin te regarder
Puis alors pouvoir te parler

Dans mes bras ouverts t'accueillir
Ne plus jamais te voir partir
Rien qu'un instant d'éternité
Je voudrais tant pouvoir t'aimer

Toi qui n'existeras jamais.

J'aurais dû vous dire
Combien je vous aimais
J'aurais dû vous dire
Mais je ne l'ai pas fait

Au nom de quelle pudeur
Au nom de quelle bêtise
Fait-on ce genre d'erreur
Et qui devient hantise

Peut-être était-ce l'époque
Où l'on ne disait rien
Peut-être était-ce l'époque
Où je ne savais rien

Aujourd'hui je le sais
Et vous n'êtes plus là
Mais je vous aimerai
Jusque dans l'au-delà.

Tu es partie par un triste matin
Personne pour t'accompagner
Nous laissant dans le chagrin
Tu es partie pour l'éternité

J'écris ce jour anniversaire
Ces mots comme un bouquet de fleurs
Depuis que tu es sous la terre
Des chrysanthèmes, mon âme en pleurs

C'était il y a très longtemps
Ton souvenir toujours présent
C'était il y a trop longtemps
Tu me manques trop, maman.

La neige est tombée ce matin

C'est toi maman qui me souris

De là-haut où tu es partie

Depuis si longtemps aujourd'hui.

Il faut beaucoup de pluie
Pour faire un printemps
Et beaucoup de printemps
Pour faire un homme
Mais si peu de temps
Pour le détruire
Faisant de sa vie
Des jours de pluie

Burn out quand tu nous tiens !

Tristesse

Feuilles de l'automne ballottées par les vents
Au ciel tourbillonnant des nuages changeants
Oh rêves de l'été balayés par le temps
Laissent la place à l'hiver, aux tourments

À ses frimas quand il ne reste que le feu
De la cheminée pour réchauffer mon cœur
Que mon ami le chien sa tête entre mes mains
Vient apaiser mes peurs, adoucir ma douleur

Lorsque tristes sont les jours
Quand la pluie frappe aux carreaux
Je rêve d'un monde nouveau
Rêve au retour des beaux jours.

Quand la vie est trop dure
Moi je me réfugie entre ces quatre murs
Et puis alors j'écris
Je laisse faire le temps
Qui apaise toujours
Mais jamais ne guérit
Et puis alors j'écris
Des mots durs sur ces murs
Durs comme l'est ma vie
Qui trop longtemps me dure
Enfin pour adoucir la vie
Et puis alors j'écris.

Notre amour fut si profond
Que nos deux cœurs s'y noyèrent
Coulés par des larmes de fond
Engloutis pour l'éternité

Tendre amour, folle passion
Caresses oh nuits d'ivresses
Entraînant la déraison
Ayant banni la tendresse

On s'est aimés à se trahir
On s'est aimés à se haïr
On s'est aimés à se maudire
Je l'ai aimée à en mourir

Mais si je ne puis l'oublier
Plus jamais je ne souffrirai
De cet amour trépassé.

Encore une fois cette photo
Encore une fois tous ces pourquoi

Pourquoi es-tu si loin de moi
Et tant dans mon cœur à la fois

Tous ces mots que je ne peux dire
Je peux quand même les écrire

Car j'ai voulu te dire je t'aime
Mais que ce mot fait mal

Quand il est dit si loin de toi.

Quand mes pensées volent vers toi
Tout mon esprit est en émoi
Je t'imagine sous la douche
Avant de rejoindre ta couche

Cette eau qui coule sur ta peau
Cette mousse qui enrobe
Tout ce que tu as de plus beau
Que tu caches sous tes robes

Le gant qui caresse ton corps
Qui va dans les moindres replis
Ce gant me laisse des remords
Car je voudrais tant être lui

Puis vient cette tendre douleur
Là, qui se finit en douceur
Alors je ressens un grand froid
Quand mes pensées volent vers toi.

Dans ce monde rien ne nous appartient
Si ce n'est le temps qu'il nous reste à vivre
Parfois trop court, sans lendemain
Ou bien si long qu'il nous enivre

Parfois amer, mais si précieux
Quand la vie se partage à deux
Ou ennuyeux de solitude
Lorsque la vie est bien trop rude

Au bout du compte et je le dis
À l'homme rien n'est jamais acquis
Car sur terre il est né sans rien
Et repartira sans ses biens.

Lorsque tu reviendras hurlant
Je serai là je t'attendrai
Car tu reviendras je le sens
Une fois de plus je combattrai

Avec ma rage et mon cœur
Ferai face à la douleur
Et plus jamais je n'aurai peur
Même de la mort dans l'horreur

Et si je perds ce vain combat
Me conduisant dans l'au-delà
Tu n'auras vaincu que mon corps
Car mon esprit se battra encore

Lorsque tu reviendras hurlant
Je serai prêt crabe malfaisant.

Tombe la neige et les espoirs déçus
Flocons insouciants au ciel tourbillonnant
De ma vie écoulée j'aurais beaucoup reçu
Quelques regrets subsistent pourtant

Que n'ai-je pu mieux faire afin de satisfaire
Mes proches, mes amis, les femmes de ma vie
Au soir de celle-ci plus rien à faire
Que déplorer ces envies inassouvies

De cette vie qui s'enfuit
Tout en douceur s'effacer
Partir, partir en poésie
S'endormir pour l'éternité.

L’espoir

Un beau recueil de poésie
C'est comme un arbre qui fleurit
Il faut la pluie, il faut le vent
Il faut des larmes, il faut du temps

À chaque vers, chaque page
Qui sont les fruits de ces écrits
Tant de nuages et des orages
Pour que naisse la poésie

Et puis un jour après l'hiver
Vient le retour des beaux jours
Et puis des mots, et puis des vers
Comme les feuilles sont de retour

Au fil des pages viennent les fleurs
Avec le temps mûrissent les fruits
Qui vont régaler le lecteur
Et embellir la poésie

Permettez-moi mes chers amis
Si vous le voulez bien aussi
De vous offrir ces quelques mots
En guise de modeste cadeau.

Il n'est pas de tenons
Qui ne soient sans mortaises
Il n'est pas de raisons
Qui ne soient sans fadaises

Il n'est pas de saisons
Dans les deux hémisphères
Qui ne soient sans raison
Même si tout est contraire

La pluie et le soleil
La douceur et le vent
Laideurs et merveilles
Le calme et les tourments

Rien n'est en ce monde
Qui n'ait son contraire
Même le plus grand plaisir
Vient avec des soupirs.

Je suis de ce pays
Aux montagnes arrondies
Caressées par les vents
Érodées par le temps

De ces vertes vallées
Aux hautes cheminées
Des tissages bruyants
Courageux tisserands

De ce peuple si fier
Qui a beaucoup souffert
Durant de longs hivers
Et de ces sales guerres

De ceux pourtant modestes
Qui ne jamais protestent
Cependant, le devraient
Du mal qu'on leur a fait

Qui ferme les usines
Ne laisse que des ruines
Croyant en l'avenir
Voulant tout reconstruire

Enfin se relever
Comme par le passé
Retrouver sa fierté
Comme sa liberté

Je suis de ce pays
Aux montagnes arrondies
Boisées de verts sapins
C’est vrai je suis Vosgien.

Un poète

De quoi aurais-je l'air ?
Si je me prenais pour Baudelaire
Vous offrant ces fleurs du mal

Écrirai-je à perdre haleine ?
Si je composais comme Verlaine
Sous ces soleils couchants

Me trouverait-on beau ?
Si je ressemblais à Rimbaud
Dormant dans ce val le visage trop pâle

Je ne suis pas non plus Éluard
Je ne suis que Philippe Jackart
Et si mes vers valent moins que les siens

Le feu de mes écrits
Est aussi vif que le sien.

Un joyeux troubadour chantait
Sa guitare qui le démangeait
Moi c'est la plume qui me brûle
Lorsque mes idées se bousculent

Je dois écrire pour assouvir
Et puis éprouver du plaisir
C'est cela la passion des mots
Quand ils sont tendres, qu'ils sont beaux

Louer l'amour ou la nature
La musique ou bien la peinture
Puis aussi la beauté des femmes
Sans qui la vie serait un drame.

Faut-il être béni des dieux ?
Si tant est qu'ils existent
Ou tutoyer les cieux
Pour devenir artiste

Peindre de la couleur
Pour réchauffer les cœurs
Écrire de la poésie
Pour embellir la vie

Caresser un violon
Pour en tirer des sons
Écrire et c'est magique
De la grande musique

Être sculpteur ou bien danseur
Ou simplement être rêveur
De Rodin le libre penseur
C'est déjà toucher le bonheur.

Les mains moites, un peu nerveux
J'entrai dans cette boutique
C'était mon baptême du feu
J'allais rencontrer le public

À la table de dédicace
À mon trac je dus faire face
Et puis je me suis élancé
Pour ensuite me régaler

Beaucoup d'échanges chaleureux
Qui m'ont rendu alors heureux
À la fin de cette journée
Je suis rentré très enchanté

Car je venais de découvrir
Une nouvelle joie d'écrire.

Je l'ai rencontré à Paris
Dans ce musée ancien palais
Elle venait tout droit d'Italie
Tendrement elle me regardait

Lorsque je me suis approché
Son regard m'a fort intrigué
C'est là que j'ai vu son sourire
Qui de plaisir m'a vu pâlir

En la regardant dans les yeux
J'aurais pu tomber amoureux
Dans ce tableau j'ai décelé
Une grande sérénité

Mais aussi de l'anxiété
Sur la beauté du temps passé
Cette toile m'émerveilla
C'est la magie Mona Lisa.

Le temps

Le temps qui glisse entre mes doigts
Me fait regretter des choses parfois
Aujourd'hui déjà vieux
Je me dis que j'aurais pu faire mieux
Pourtant j'ai fait de mon mieux
Alors pour m'épargner tant de soupirs
Et toujours garder le sourire
Je me dis que j'aurais pu faire pire.

Comme l'air qui n'est point palpable

Telle l'eau tant insaisissable

Aussi le vent incontrôlable

Le temps lui est inarrêtable

Car cet instant même où j'écris

Est déjà loin, très loin de moi.

Il peut-être de musique
Quand il est gai et entraînant
Ou alors fort sympathique
Très enjoué et souriant

Et puis il peut paraître absent
Mais pourtant il est si présent
Que sans lui il n'y aurait vie
Il est partout autour de nous

Réellement on le perçoit
Seulement quand il est vicié
Il serait tant de bon aloi
Comme l'eau de le respecter

Car sans en avoir vraiment l'air
Nous ne pourrions pas être là.

La vie n’a de sens que celui qu’on lui donne
Être et ne rien faire
Faire ou n’être rien
Être sans rien avoir
Avoir et ne pas être
Le compromis de tout cela n’est pas facile
Ce qui fait de nous des imbéciles
Et puis il y a l’amour
Qui nous tourne autour
Parfois comme un vautour
Ce qui fit dire à l’écrivain
Et sur ce point je le rejoins
« Une vie ne vaut rien
Mais rien ne vaut une vie ».

Un vieil homme dans son miroir
Se regardait tous les matins
Il y voyait dans son regard
Comme un feu un peu éteint

Sous le rasoir qui caressait
Apparaissaient de rudes traits
Marques d'une vie de labeur
Sans jamais compter ses heures

Et pourtant jamais de fortune
Dans sa vie il n'aura connu
Jamais non plus de costumes
Pas plus qu'il n'en aurait fallu

La vie ne l'a pas épargné
Et pourtant il a su rester
Honnête, bon et courageux
Quand d'autres se sont vus véreux
Ces cicatrices transformées
En une sorte de fierté
Dans son miroir en matinée
Tout droit il peut se regarder.

Le pêcheur

C'était l'été il faisait beau
Je me trouvais au bord de l'eau
La brise caressait mon visage
Un peu comme un heureux présage

Doucement mon bouchon tanguait
Pendant ce temps-là je rêvais
Écoutant le chant des oiseaux
Qui étaient là dans les roseaux

Sur l'herbe j'étais allongé
Sous ma tête les bras croisés
J'étais bien dans cette nature
Qui encore ici était pure

Mais en ne voulant pas troubler
Ces doux instants de plénitude
J'avais comme à mon habitude
Et je peux m'en féliciter

Pour ne pas tuer de poissons
Sur ma ligne pas d'hameçon.

Un dimanche matin
Vêtue de vieilles cottes
Son missel à la main
Une pauvre bigote

Se rendait à la messe
Les yeux pleins de tristesse
Elle rencontra Élyse
Qui allait à l'église

En arrivant sur le parvis
Elles y retrouvent leurs amies
Après quelques génuflexions
Et des actes de contrition

Elles en ressortent l'âme pure
Mais moi je n'en suis pas si sûr
Vu leurs mines déconfites
Arrosées à l'eau bénite

Quel bien triste compagnonnage
Que ce morne aréopage

À ce monde de prières
Je préfère la brasserie
Là où devant une bière
Ça discute fort et ça rit

On se raconte des histoires
Enfin des brèves de comptoirs
Et puis après quelques tournées
On en ressort le cœur léger.

La bouchère

J’ai connu une bouchère qui avait de beaux **jambons**
Elle me fit les yeux doux je fondis comme un **tendron**
On **steaks hachés** pour vivre une **amourette**
Quand je vis sa **poitrine** je trouvais ses **saindoux**
Elle m’appela son grand **bœuf** en saisissant ma **queue**
À peine entre ses mains elle y passa sa **langue**
Je lui ôtais la **culotte** et en **filet** ma **hampe**
Nous fîmes les **andouilles** bien plus que de raison
Mais je dus la quitter car je n’voulais pas de **lardons**
J’en ai eu mal aux **tripes**, mais préférai filer
Avec des regrets car c’était un bon **cou**
Que je me suis **farci**.

C’est un bonheur renouvelé
Que de pouvoir encore humer
La douce senteur des roses
C’est ce genre de simples choses
Qui enchantent mon cœur
Et qui fait mon bonheur
En ce nouveau printemps
Je suis encore vivant.

Bonheur d'été

Douceur d'été qui vient me caresser

Légère comme une plume

Sur ma peau effleurée

Aussi douce qu'une pensée de toi

Elle me fait frissonner de plaisir et de joie

Comme le bonheur d'un premier baiser

Merci à toi brise de juillet.

Le soleil couchant se reflétait dans une onde pure
Paisiblement je respirais cette nature
Une brise d'été caressait mon visage
Un peu comme une femme sage
Le doux bruissement des feuilles
Et le chant des oiseaux
Berçaient ce merveilleux tableau
Je suis serein, je suis heureux
De vivre cet instant fabuleux.

Le parfum des fleurs

Il est si beau ce buisson de roses
Qu'il m'inspire plus que de la prose
Leurs pétales de velours
Me font penser à l'amour
Parfumées comme une femme
Et c'est là qu'est bien le drame
Si l'on ne sait cueillir ses fleurs
Elles vous piqueront le cœur.

Voyages

Je me souviens de ces rêves d'enfant
Le soir en écoutant passer les trains
Couché, je me voyais partir au loin
Plus loin bien au-delà des océans

Parcourant avidement le monde
Des plages de Rio et jusqu'à Macao
Des déserts brûlants où jamais pluie ne tombe
Aux montagnes enneigées du Colorado

Et depuis j'ai grandi, puis aussi voyagé
Un peu partout comme je l'avais tant rêvé
J'ai vu les mers, les océans les montagnes
Les lacs, les forêts, des endroits pleins de charmes

Aussi les villes, grandes mégalopoles
Au monde bruyant virevoltant, affolant
Aujourd'hui je le sais, je ne suis plus rêvant
De ces immenses et folles métropoles

Ces lieux, étrangers et lointains
J'ai vu le monde tel qu'il est
Et le seul endroit qui me plaît
C'est ici près de mes sapins

Et je dirai en conclusion
Que le plus beau des voyages
C'est le retour à la maison.

J'avais écrit un peu sur tout
Ma plume s'était émoussée
Je tournais en rond tel un fou
Car dans ma tête plus d'idées

J'ai regardé autour de moi
Cette verdure, ce ciel pur
Et puis ce mont qui tel un roi
Dominait cette nature

Fermant les yeux j'ai écouté
Chanté ce ru, goûté le vent
Qui balaya tous mes tourments
Profondément j'ai respiré

Ce bon air si revigorant
Puis mon esprit s'est apaisé
Et là je me suis reposé
Laissant tous mes soucis d'avant
Après tant de sérénité
J'ai laissé écrire mon cœur
Voilà comment est arrivé
Ce poème comme une fleur.

Le rêveur

J’ai vu s’effondrer le soleil
Puis regardé la nuit tomber
Alors un tableau sans pareil
Quand le ciel s’est illuminé

Quel spectacle grandiose
Les cieux qui se métamorphosent
Tous ces dessins constellaires
Qui me mettent le nez en l’air

Et que tant ne voient même pas
Trop occupés, ou aveuglés
Par tous les tracas d’ici-bas
Éternel rêveur que je suis

Je ne me lasse d’admirer
En oubliant les aléas
Tous ces cadeaux d’un ciel d’été.

J'étais heureux j'étais serein
Avant de tomber amoureux
J'ignorais tout, je n'savais rien
De tous ces émois langoureux

De toutes ces douces douleurs
Qui souvent vous brisent le cœur
Mais aussi enchantent la vie
La remplissent de griseries

Puis l'archer a bandé son arc
Une flèche il a décoché
Je l'ai reçue, il m'a touché
Moi qui rêvais tel Plutarque

J'ai trop aimé depuis ce jour
Elles ont tant fait battre mon cœur
Induisant parfois du malheur
J'ai beaucoup souffert de l'amour

Alors faut-il pour être heureux
Ne plus souffrir, ne plus aimer
Ou faut-il encore succomber
Et de nouveau être amoureux ?

En regardant tomber la pluie
Je regardais passer ma vie
Des journées si longues d'ennuis
Attendant qu'elle me sourie

Et toutes ces photographies
D'un bonheur qui s'en est allé
Une histoire si mal finie
Et pourtant si bien commencée

Des années à tout lui donner
Des années à tant recevoir
Mais je ne veux plus la revoir
Car nous deux c'est bien terminé

En regardant tomber la pluie
J'appréhendais une autre vie
Sentant revenir le bonheur
Le bel amour d'un autre cœur.

L’amour

Elle est partie si loin de moi
Que dans mon cœur il faisait froid
Et puis il est des souvenirs
Qui font parfois beaucoup souffrir

Ne plus manger ne plus dormir
Juste avoir envie de mourir
Pourquoi faut-il passer par là
Quand la passion s’en va là-bas

Et puis un jour revient l’amour
Qui embellit nos plus beaux jours
Et qui me redonne la joie
Aujourd’hui je n’aime que toi.

Que serais-je sans vous ?
Vous qui m'avez aimé
Vous qui m'avez trahi
Vous qui m'avez grandi

Que serais-je sans vous ?
Qu'un vagabond d'amour
Errant au fil des jours
Se prenant pour un fou

Que serais-je sans toi ?
Qui est venue vers moi
Que serais-je sans toi
Toi qui n'aimes que moi

Toi qui me rends heureux
Je ne suis plus peureux
Que serais- je sans toi ?
Moi qui n'aime que toi.

Il était si joli
Ce petit pont de bois
Sur lequel mon amie
Je traversais vers toi

Le chant de la rivière
Et ses reflets d'argent
Le chant de la rivière
Berçait nos jeux d'amants

Puis le temps a passé
Et tant d'eau a coulé
Emportant en courant
L'amour d'adolescent

Seul existe toujours
Le petit pont de bois
Sur lequel tant d'émois
Et souvenirs d'amour

Résisteront toujours.

Un rayon de lune
Est venu caresser
Le visage de ma brune
Pendant ce long baiser

Puis la nuit a bordé
De son manteau d'étoiles
Nos deux corps enlacés
Comme une voile

De douceur sur nos cœurs
Tes mots doux ont bercé
Mes rêves les plus fous
Sur ton corps caressé

Et puis l'on s'est aimés
Avant de s'endormir
Et de se retrouver
Dans nos rêves sucrés.

Serais-je un funambule
Sur son fil d'acier
Qui ose et déambule
Avec son balancier

Le fil d'acier ma poésie
Et ma muse le balancier
La poésie serait ma vie
Ma muse la femme au foyer

Que ne serais-je ce funambule
Qui erre sur son fil d'acier
Risquant de chuter déambule
Si je n'avais mon balancier.

Il n’est pas de saisons
Pour être enfin heureux
Il n’est pas de saisons
Pour perdre la raison
Il n’y a pas de raisons
De se voir malheureux
Quand l’amour
Est dans votre maison.

Les mots les plus beaux
Sont ceux que l’on ne dit pas
Les mots les plus beaux
Sont ceux que l’on écrit
Ceux qui viennent du cœur
Ce sont les mots du bonheur.

Pour toi j'écrirai des mots comme des caresses
Pour toi si tendres et si beaux j'écrirai des mots
Quelquefois tabous, mais plein de tendresse
Pour toi ma princesse j'écrirai ces mots

Réchauffant ton cœur éloignant tes peurs
Je veillerai sur toi je veillerai sur nous
Ne songeant qu'à notre bonheur
Je ne verrai que toi je ne verrai que nous

Je boirai ton amour comme un nectar divin
M'enivrerai de ces trésors cachés sous tes satins
Me perdrai dans la douceur de tes mains
M'éveillerai à tes côtés dans d'éternels matins.

J’ai retrouvé dans le grenier
Un vieux carton abandonné
Et dans ce carton un cahier
Sur lequel j’avais tant pleuré

J’y ai retrouvé tous mes maux
Que j’avais écrit en ces mots
Quand l’amour avait lacéré
Mon pauvre cœur abandonné

Plus jamais je ne veux aimer
Jamais plus je ne souffrirai

En remuant ces souvenirs
Je la voyais encore partir
Mais aujourd’hui je peux le dire
J’ai bien vu l’amour revenir.

C’est un petit chemin
Qui va vers le bonheur
Tous deux – main dans la main
Nous y cueillons des fleurs

Sur ce petit chemin
Nous oublions nos pleurs
Marchant aux lendemains
Je t’ai offert mon cœur

En me donnant le tien
Tu nous fais tant de bien
Sur ce petit chemin
Nous sommes si joyeux

Au bout de ce chemin
Nous y serons heureux.

La poésie c'est la souffrance exprimée
Des mots pour soulager des maux
C'est le souffle du vent , mon esprit torturé
Comme un cœur en lambeaux

Tempête dans l'océan des sentiments
Les vagues en furie, les embruns de la vie
C'est aussi le malheur, c'est la pluie et le vent
C'est mon cœur qui souffre, c'est ma main qui écrit

C'est aussi la douceur et le parfum des fleurs
C'est l'amour c'est la vie c'est toi qui me souris
C'est aussi ce bonheur qui réchauffe mon cœur
Et c'est toi mon amour qui enchante ma vie.

Il en est passé du temps
Depuis ce premier baiser
Il en est passé du vent
Sur notre amour, nos corps usés
Corps usés, mais jamais lassés
Que de vouloir encore s’aimer.

Automne d’une vie

La colline s’est parée
D’une écharpe de brume
Les feuilles au jardin
Tapissent le sol tandis que
Des vases vides pleurent
Les bouquets d’un été disparu
Senteur d’octobre
L’hiver est à venir.

Rêver ne plus penser
À ces beaux jours enfuis
Rêver pour oublier
Cette jeunesse partie

Mes forces et ma beauté
À tout jamais ternies
De tout ce temps passé
C'est la vie qui m'oublie

Tuer le temps qui un jour
Me tuera à son tour
Se laisser porter par le vent

Accepter avec le sourire
Telle est la force de vieillir.

Ma vie est pareille
À un long cours d'eau
C'est souvent merveille
Et parfois fardeau

Tout d'abord c'est un ru
Courant dans la prairie
Sans risque de crues
Dans un doux gazouillis

Puis une vive rivière
Aux flots tourbillonnants
Des printemps aux hivers
Drainant tant de tourments

Courant impétueux
De rapides en cascades
Aux méandres maussades
Me rendant malheureux

Le calme revenu
D'une douce compagne
Ce fleuve devenu
Tranquille campagne

Coule des flots heureux
Pour se jeter un jour
Dans l'océan de l'oubli.

Comme une femme trop pudique
La nature dénudée s'est couverte d'un
Voile de brume, que mes yeux
Compatissants osent à peine traverser

Au sol jonchent en vêtements jaunis
Les feuilles qu'octobre a déshabillées
Ce soir peut-être le vent d'automne
Emportera au loin ces reliquats
D'un été aux trépas.

Des bribes de ma vie me reviennent en rêves
Les rêves de ma vie que je n'ai accomplis
Me harcèlent de regrets ne laissant pas de trêve
Pourtant tant de choses accomplies dans ma vie

Tant de choses ne laissant pas de temps
Pas de temps pour faire d'autres choses
Tant de choses me prenant tout mon temps
Ce temps passé trop vite sans faire de pauses

Désormais de vivre je prends le temps
Le temps d'écrire, le temps d'aimer et de rêver
M'enivrer de poésie et des plaisirs de la vie
Faire enfin ce dont j'ai toujours rêvé

Puis quand viendra le dernier poème
Je ne partirai pas sans vous dire
Vous dire combien je vous aime.

Aux grands rêveurs de liberté
Laissez-moi donc vous répliquer
Que celle-ci n'est qu'illusion
Quelle que soit la révolution

Car avez-vous choisi de naître ?
Ou votre façon de paraître ?
Avez-vous choisi votre sexe ?
Ce qui me laisserait perplexe

Au-delà de la liberté
La vie est pleine de contraintes
Engendrant bien souvent des plaintes
Effaçant les facilités

Puis comme dernière contrainte
Vous n'aurez le choix de mourir
Avec des râles et des plaintes
Vous rendrez le dernier soupir

Ou en ultime liberté
C'est vous qui choisirez l'instant
Et la manière de partir.

Mourir sur l'océan
Sous un soleil couchant
La mer comme linceul
Se retrouver tout seul

Voguer et s'éloigner
Un peu comme la marée
Puis se laisser partir
Pour ne plus revenir

Alors franchir le pas
Qui va vers l'Au-delà
Traverser le miroir
Et mes parents revoir

Retrouver mes amis
Tous ceux qui sont partis
Avec ces êtres chers
Reprendre enfin la mer.

Personne n’échappe à l’amour

Personne n’échappe à la mort

Si rien ne sert d’en avoir peur

Sachez qu’il y a bien pire encore

C’est d’avoir peur de la vie.

Qu’elle vous soit douce
Qu’elle vous soit dure
Si vous aimez la vie
La vie vous le rendra
La vie vous aimera.

Imprimé en France
Achevé d'imprimer en avril 2023
Dépôt légal : mars 2023

Pour

Le Lys Bleu Éditions
40, rue du Louvre
75001 Paris